転がる石

強迫神経症と闘った夫婦の30年

嵯峨 健
SAGA Ken

文芸社

目次

序　章　恐怖のはじまり……5
第一章　おいたち……13
第二章　初めて出合った療法……23
第三章　復活と挫折……33
第四章　妻の涙……41
第五章　二度目の挫折……49
第六章　転がる石……57
第七章　引きこもり……65
第八章　閉鎖病棟……89
第九章　Let it be……113
終　章　やすらぎ……133
あとがき……139

序　章　恐怖のはじまり

人生には、突然思いも寄らない、望みもしないことが起きる。どうしようもなく、徐々に負の方向に追いやられていく。いくらもがき、あがいても抜け出せるものではない。

一九八六年。

私、嵯峨健　三十九歳。

妻、久美子　二十七歳。

結婚二年目で、まだ新婚気分が抜け切れていない頃だった。

私と久美子は同郷の生まれ育ちで、歳の差はあったが、一応恋愛をし、一九八四年九月三十日に結婚をした。

私はどちらかというと几帳面で神経質なタイプであるが、妻久美子は、大らかで優しくて愛情あふれる女性だった。

一九八六年八月二十九日、私にとって忘れることのできない日になった。

一年前から勤めに出ていた久美子とは、朝はいつも一緒に家を出ていた。私は、銀座にある建設会社の営業で、久美子は、御茶ノ水にある商事会社のＯＬだった。この日は、私の会社が月一度の早朝会議の日で、いつもより一時間早く先に出ることになっていた。五分ほど支度に手間取った私は、出掛けには久美子と頬を合わせるいつもの儀式もそこそこに家を出たのだった。

この朝、不運だったのは、久美子と一緒ではなかったことと、五分ほど遅れてしまったことである。いつも向かう商店街ではなく、近道の川沿いを急ぎ足で歩いていった。やけにセミの鳴き声が激しく、うだるような暑さの中を私はつんのめるように歩いていた。

近くを救急車がサイレンを鳴らして走っている様子に気を取られた時であった。足にというより、靴に違和感をおぼえて、私は足下を見た。犬の糞であった。しかも大量の糞を踏んだために、ズボンの裾に少しついていたのである。

その時、一瞬家に戻って靴とズボンをはき替えようと思ったが、家に戻っている時間はなかった。あとで考えると、遅刻してもはき替えて、駅に向かうべきであった。後の祭りである。その時は、そこには考えが及ばず、靴を土手の草むらでこすりつけて、なおも会社へと急ぎ足で向かっていたのであった。

会社に着いた時は、遅刻しなかった喜びで靴とズボンの事は、頭から消えていた。いつもギリギリに来る高野もすでにいたし、同期の大原はノートを前にして会議室にいた。

急いで席についた私には、今日発表するであろう営業企画のことで頭の中はいっぱいであった。

九時には会議が終わり、自分のデスクに戻った時、思わず議事録の書類と自分のノートを床に落としてしまった。その時、デスクの電話がなり、反射的にすぐ受話器をとっていた。相手は得意先の設計事務所からで、打ち合わせの日程を決める話であった。左手で受話器を持ち、右手で靴先に落とした書類を拾っていた私は、そこまでは正常であった。

電話が終わって、拾った書類をデスクに置いた時、突然頭の中に靴とズボンが犬の糞で汚れているという意識がパーッと電流が走るように襲ってきたのである。

思わず洗面所に行って手を念入りに洗ってデスクに戻ったが、その時から私はもう普通の神経ではなかった。拾った書類を置いたデスクを見ながら抗《あらが》いようのない恐怖が襲ってきていた。

そうだ！　この靴でオフィスを歩き回っていたのである。

もう体全体が犬の糞で汚れきってしまった感覚になっていた。

その日は、皆に気づかれないように手を何度も洗っていた。

仕事が終わり、家に向かった私はこの時、再び抗うことのできない恐怖に包まれていた。このまま家に入れない。なぜならこのままでは、久美子までも汚れてしまうから。

その日は、久美子には残業が長引いたため、ホテルに泊まると電話し、会社近くのビジネスホテルに行った。このことがもっと悪い状況になるとは思いもしなかった。

翌日からの会社での仕事は苦痛そのものであった。もうオフィス全体が汚れきってしまっているとしか思えなかったからである。

この日は、仕方なく家に帰ったが、そのままでは家に入れなかった。

久美子にも、私の中で起きている恐怖の話をすることができなかったので、自分で新しい靴を買って糞のついた靴は捨てた。ズボンは仕方なく洗濯機に入れた。

時間がたつにつれて、自分自身が犬の糞で汚れてしまっているという気持ちはだんだん強くなり、頭の中が「汚い」「耐えがたく汚い」「いくら洗っても汚れがとれない」という思いでいっぱいになっていった。

誰にも言えない苦しみで、当然仕事もまともにできなくなり、一九八七年一月に退職することになった。オフィスのみならず、駅の改札や電車の中、得意先の事務所までが汚れていく……。私自身が汚れきっているという思い込みが強く、まともな仕事はできなくなっていた。家にいても私が掴んだドアノブは、帰宅後早々に雑巾で拭き、着ているすべての服を洗濯機に入れる。お風呂は通常三十分であったところが、一時間になり、二時間になり、しまいには四時間も出てこられない時もあった。

久美子はただただ訳がわからないまま、私につきあっていた。

この頃の私は、生きていることそれだけで辛かったのである。

第一章　おいたち

私は、一九四七年二月二十四日に北海道根室市で生を享《う》けた。父は漁業経営者、いわゆる〝網元〟で、三人兄弟の末っ子だった。

私は、随分と父に可愛がられて育てられた記憶がある。新しい船が出来た時は「健進丸」と名付け、幼い私を肩車しながら、「こいつは大漁船だ」とお披露目をした。幼いながら私も自慢の父と船を誇らしげに思った記憶が残っている。兄二人に父は厳しかったが、私は甘やかされて育てられた。

母は、私が二人の兄と歳が離れていたこともあり溺愛していた。「健さん、健さん」と私を呼び、風邪をひいたらたくさん着物を着せられ、近くの行きつけの病院に連れていかれた。そして必ず大好物のちらし寿司を作って食べさせてくれた。

小学校の時、野球がやりたくなり、父にせがむと当時としては上等のバットとグローブを買い与えてくれた。小学校、中学校と野球に夢中になり、日が暮れるまでやっていた。その頃を振り返ると野球をしていた記憶しかない。高校に入ると、本格的に野球部に入部し、冬の時期は雪が積もるまで毎日毎日練習をしていた。名門校でもなんでもなく、毎年地区予選で敗退していたが、私としては、野球をやれることが大きな喜びであった。この頃、初恋も経験したし、無二の親友もできた。友人は「佐々木健二」と言い、生涯の友となった。

この頃は、神経質でもなく、なんら他の人と変わりない普通の生活ができていた。強迫性障害の影すら見えてはいなかった。

その後、東京の大学に入ったが、ここも野球が弱かったので、野球部には入らず、大学生活のうち三年間はアルバイトに精を出していた。職種としては、バーテンダーなどの水商売が多く、これが後々に社会人としての私に大きな影響をもたらした。

就職は、三年の春に一部上場の建設会社に内定した。余裕ができた残りの大学生活はアルバイトや麻雀で明け暮れ、四年で大学を卒業した。そして、一九六九年四月に内定していた建設会社に入社した。入社先は銀座にあり、新社会人としての研修を終えた後、営業部に配属された。

　営業職は私のアルバイト時代の経験が大いに活かされた。物怖じしないことと、得意先から可愛がられたことである。コミュニケーション能力が知らず知らずに身についていたようである。

　この頃の私は、バリバリと仕事をし、営業成績も結果を出し、私の人生で一番華が開いた時であったと思う。上司にも認められ、業績を伸ばし、華々しい営業成績のもと、同期では一番早く昇進した。振り返ると、あの頃の自分と今の自分とがどうしても重ならない。強迫性障害に侵されてしまった私はどこで歯車がずれてしまったのだろうか。

　一九八一年四月の人事異動で北海道支店の勤務となり、支店は実家にも近かったため、その際、土日を挟んで五日間の休暇をもらって故郷へ帰った。この時、友人の紹介で後に妻となる佐藤久美子と出会う。

都会の女性にはない素朴な性格と可憐な容姿に好意を持ち、付き合ってほしいと告白した。久美子の方もまんざらではなく積極的であった。彼女の勤務先と実家までは、車で二時間ぐらいの距離である。土日の休みで久美子が車を飛ばして会いにきたり、私が金曜日の夜行で行き、土日でデートをするという付き合いであった。

一九八四年の人事異動で、本社の東京に戻ることになり、久美子にプロポーズをした。久美子は承諾してくれたが、久美子の両親が反対をした。特に父親は大反対だった。私と久美子は年が一回りも違うこと、私が東京に長年住んでいたので「どこの馬の骨ともわからん奴に娘はやれん」と息巻いた。

久美子の父親は公務員で、久美子は三人姉妹の真ん中であった。姉と妹は仕事の関係で親元を離れ、おのおの一人暮らしをしていた。久美子は、唯一親元で現在まで暮らしていたので、その娘が東京に行ってしまうことを考えると許しがたいものがあったのだろう。私も少し諦めかけたが、友人の佐々木健二の強い勧めもあって、私は自分の親に頭を下げて頼み込んだ。

父は威厳のある人で、寡黙だった。子供達でさえ近寄り難い雰囲気を漂わせていた。

普段着は和服であり、車の運転も好きでよく乗り回していたが、その際も和服姿であった。

あまり、他人の家には上がり込まない父が、その日は違っていた。

和服姿の父親がスーツを着込んで久美子の家に行き、「ぜひとも久美子さんと結婚させて欲しい」と頼んでくれた。しかし久美子の父親は首を縦に振らない。父は、嵯峨家のことを知ってもらうことが一番だと思い、家庭内のことを話し始めた。

家業は漁師であり、三十年網元として漁業を営んできた。今は、引退して次男が後を継いでいること。父は、色丹《しこたん》生まれであり、長年「北方領土返還」の理事を務め、尽力してきたこと。長兄は、高校教師だったが、物書きになりたくて東京に行き、小説家になったこと。長兄の妻は、地元で美容師としてサロンを営んでいることなど。また、健の小さい時の話などもした。そして、健も兄弟で一人だけ世帯を持たずにここまできてしまい一番の心残りだったが、この度、「好きなひとができた。結婚したい」と聞いて本当に嬉しく思った次第であり、なんとか結婚させてもらいたいと、粘り強く説得をした結果、久美子の父親もようやく折れ、晴れて結婚できることとなった。

この時だけは、親の愛情を強く感じさせられた。年老いた父が、息子のために真摯に久美子の両親と話をしてくれた。おかげで結婚の道が開けた。親に感謝である。

慌ただしく結納を済ませ、故郷で結婚式を挙げた。なんとか転勤までには間に合った。しかし、その父も結婚後一年もたたないうちに逝ってしまった。一番心配していた末っ子の晴れの門出を見せることができたのは、ひとつの親孝行であったのかもしれない。

東京での二人だけの新婚生活が始まった。

新居は古いマンションではあったが、新婚生活には丁度良い広さであった。新婚旅行は、年末年始の休みを利用してハワイに出かけた。久美子は、初めての海外旅行とあって、大はしゃぎであった。とても楽しい良き思い出の旅行であった。

しばらくの間、久美子には東京の生活に慣れてもらうために、ゆっくりと過ごしてもらった。

結婚式が終わり東京に旅立つ前に、母からこんなことを言われていた。

「久美子さんは、東京に行ったら誰も頼る人も知り合いもいないのだから、健さんがしっかりと久美子さんを守ってあげなきゃいけないよ」

その言葉が頭の片隅にいつもあった。休みの日には必ず東京の街をあちこち連れまわし、目を丸くして楽しむ久美子を見ていると自分も幸せな気分になった。平日は、朝はベランダから久美子が手を振り見送ってくれる。夕方仕事から帰ると夕飯ができており、いつも首を長くして私の帰りを待っていた。一緒にいるだけで楽しく幸せで夢のような毎日であった。あの日が来るまでは……。

第二章　初めて出合った療法

私の普通ではない行動を不審に思った久美子は、書店や図書館に行って調べ始めた。その中で、私の行動と似たような内容の物を見つけた。

・手を洗わなければ気が済まない。

・お風呂に何回も入らなければならない。

・汚れが気になって仕方がない。

等々。

「これは、健さんと同じだ！　彼は病気なのだ」と久美子は確信した。

その後、精神疾患関係の書物を中心に色々と読んでみた。夫の病気は神経症の中で不潔恐怖という強迫観念の強い病気だと思った。

初めて目にする文献を読んでいると恐ろしくなった。そんな病気があるのだ。どうしたら良いのだろう。毎日毎日本屋に寄って強迫観念の病気の本を探した。

その中で「森田療法」という治療法があることを知った。読んでいくうちに、これこそ夫と同じ症状で、治癒した症例も出ている。

久美子が真剣な顔で私に向かって切り出した。

「健さん、これは病気なんだよ。治療しなければ治らないよ。良いところを見つけたから一緒に行ってみようよ」

結婚したばかりの自分にとって、なんとかしたいという気持ちはあったが、症状に押しつぶされて何も考えられないでいた。そんな時、久美子が病気だということを教えてくれた。

二人で相談した結果、ともかく一度その治療を受けてみようということになり、一九八七年九月に、豊島区にある森田療法専門の施設、高橋興生院へ入院した。

この施設は、あらゆる強迫性障害の患者を一つの場所で共同生活をさせ、症状の改善を行っていくものである。

「森田療法」とは森田正馬が東京帝国大学卒業後、精神科医になり、四十五歳の時に創始した治療法である。森田正馬自身が十五歳頃より、強迫性障害で苦しめられており、フロイトの心理分析からヒントを得て、確立した治療法であった。当時は「神経衰弱」という病名だったらしい。

この施設には、男女合わせて二十六名の入院者がいて、年齢は十代から五十代ぐらいの人達であった。

入院してすぐやることは、「臥辱《がじょく》」といって、一週間個室で過ごし、三食の食事以外は何もせず、ひたすらベッドで寝ていることであった。

私にとって、この一週間は苦痛であったが、なんとか終わって、お風呂に入った時は、それはそれは生き返ったような気がしたものであった。

一週間の臥辱が終わると、次の日からは朝食前にラジオ体操を行い、朝食後は二十六名全員が談話室に集められ、個人個人の発症時の様子や現在の症状について話し合う。

昼食の後、午後は高橋院長の話を聞く。高橋院長は、森田正馬に師事し、

「森田療法」を継承していた。森田正馬と同じ医大で教鞭を執った院長に私は自分の症状を伝え、院長は質問に対しても答えてくれた。

入院者二十六名はそれぞれ症状が違っていて、印象的だった患者の話は、外から家に入る時は、着ていたすべての物を捨てなければならないということだった。私のように着ている物はすべて洗濯をしなければ落ち着けないという症状よりも、はるかに重傷である。ある十代の女の子は、電車に乗ろうとすると、心臓がドキドキして乗車できないと言った。

五十代の男性は、自分の家にいると気が滅入って、いてもたってもいられなくなり、ホテルやよその家に行くと落ち着くのだという。だからここに入院しているうちは、すごく状態が良いのであるが家に戻ると鬱の状態になり、また入院するということで何度も出たり入ったりを繰り返していた。

特に驚いた話は、幼い子に異常に興味があり、その誘惑にとらわれて普通の生活を営めないという四十代の男性だった。

話を聞いていると、それぞれ今の症状は違っていても、発症時のプロセスは、ほぼ似かよったもので、どの症状も時間とともに重くなっていくという印象を受けた。

夕食の後、就寝までの時間は、強迫性障害のメカニズムや治療法についてのレクチャーを受けた。

強迫性障害とは、生をより良く生きたいという気持ちの表れであり、不安やストレスなどが異常に強くなり発症するもので、誰にでも起き得る症状であるという。


入院して二週間が過ぎた頃、Ｊ医大の教授の講演があり、それが終わった後、私の病室に来てもらうことができた。個人面談の後、教授は私について、

「あなたは今のままでは良くならない」

「苦しくても何か仕事を見つけなさい」

「家から通えなければ別の所から通勤するという方法もある」

と言われた。

その時、私は少し気持ちが楽になった。

そうだ、久美子との生活を大事にするあまり、どこか無理をして苦痛になっている。久美子との生活空間を汚したくないという気持ちが強いため、家に入る時、掃除をしたり着ていたものを洗濯したり、手を何回も洗ったり、お風呂時間が長くなったりして疲れはて、気持ちに余裕がなくなっている自分に気がついた。

教授からは、東京都下のとあるお寺を紹介され、体験修行に行きなさいと言われた。

教授は帰りぎわ、おもむろに雑談的に話し始めた。

「嵯峨さん、私は『転がる石に苔が生えぬ』という格言が好きでよく患者さんに話すんですよ。嵯峨さんはいろいろ知識をお持ちだから、言葉は知ってますよね」

「はい、聞いたことはあります。仕事を転々として、能力を使い果たしてしまうような事ではなかったですか」と私は答えた。

「この格言は国によって意味合いが異なるようです。私はアメリカ式が好きでしてね、『積極的に動き回ることが大切である』という意味もありまして、私はそのようにとらえています。

嵯峨さん、苔の生えないように『転がる石』になりなさい」

教授は、このような言葉を残して部屋から出て行った。

私は、次の日退院し、その足で紹介された寺に行って三日間過ごした。その三日間は座禅と寺の清掃と住職の話を聞くことがすべてだった。

ところが、この三日間は、私にとってあまり印象に残っておらず、意味のないものに終わってしまったようである。

中途半端な気持ちで家に戻ることになったこともあって、完璧に生きようとしすぎる気持ちや汚れを感じたら気が済むまで手を洗うという行為は、改善されないままであった。

結局は、家に戻って強迫観念の強い症状がふたたび蘇り、神経症の恐ろしさを改めて知ることになるのだった。

第三章　復活と挫折

強迫性障害のメカニズムは、理論としては理解できたが、度々、不安なことに執着して、頭の中では「それはおかしいことなんだ」と思っていても払拭《ふっしょく》しきれない自分がいた。次から次にいろんな観念が生まれてくる。そうなると自分がある程度納得いくまでやり尽くさなければ動けなくなる。手が汚れたと思うと何分も手を洗わなければいられない。外出した時は、家にいる以上に汚れを感じ、シャワーに二時間も三時間も費やす。しまいには奇行も出てくる。

一向に良くならない私は、「このままではだめだ。妻も私もお互いに疲弊し、生活も破綻してしまう」、そう思った。その時にJ医大の教授が言った言葉を思い出した。「家がダメなら別の場所」。

私は、家に対し、異常に執着が強かった。無意識の中で家を汚したくないという気持ちが働いているのだと思う。苦労して久美子と結婚できた。久美子が喜んでもらえるように新居を探し、一生懸命きれいに掃除をして久美子を迎えた。そして幸せな新婚生活が始まった。そんな空間を汚してしまいたくないという防御の気持ちがあるのではないか。自分でもわからない心の葛藤がいつも襲っていた。

私が働けないでいるので、生活は苦しかったが、意を決して久美子にお願いした。

「このままでは生活もできなくなる。別の所に部屋を借りようと思う。ここにいては何も動けないから。ここでなければ、動けそうな気がするんだ。早く仕事を見つけて働かなければならないし他の家からなら勤めに行けそうな気もするのでそうしたいと思う」

久美子は、不安なようだったが了承してくれた。私はすぐに行動に移した。

多少土地勘のあった北区赤羽駅前の不動産屋に行き、家賃の安い物件を探した。ちょうど老夫婦が住んでいる一軒家の二階が間借りできるということなので、見せてもらった。玄関からすぐに二階に行く階段があり、六畳一間だったたが、二階に専用のトイレもあった。息子さんが住んでいた部屋ということで干渉もなさそうな感じだったので、即決して契約をした。その場所は自宅から電車で小一時間ぐらい離れていた。

身の回りのものはバッグに詰めて持ってきていたので、足りないものはおいおい久美子に送ってもらうことにした。

久美子と一緒でなかった私は、教授の言ったとおり、かなり良い状態で仕事探しを始めた。自分の中で「仮の家」という意識は、汚れても仮住まい、久美子が汚れることはない、という安心感が心を多少軽くしてくれていた。

仕事を探し始めて、一か月もたたないうちに職を手にした。一九八七年の十一月、運良く大手新聞社の渉外担当で採用された。

もちろん強迫性障害のことは伏せての面接試験であった。この時は、一見普通に振る舞うことができた。

業務内容は、渉外担当ということでNTTや大手ゼネコン、鉄鋼メーカーを回り、企業の業績や、どのような分野が伸び、何が落ち込んでいるかなどの情報の収集、そのほか今後の展望など諸々の聞き取り、調査内容を報告書にまとめ、作成したものを編集部に提出するといったようなことだった。渉外担当は私のほかに一名いた。入社したばかりの私は、仕事を覚え、こなすことに精いっぱいだったので、年内は、なんとか勤めることができた。

年が明けて、少し余裕ができてきたのであろうか、気になることが出てきた。

新聞社という所は、原稿と書類の山でとてもデスクでは事が足りず、床一面に記事や編集部からの原稿が広げられていく。当然、私にとって、床の原稿等を拾い上げるのは、我慢のできないものであった。

それでも、しばらくは気づかれないように、その時は軍手をして対応していたが、それも徐々に難しくなってきた。

床は、色々な人が靴で歩き回る。どこを歩いてきたか、何を踏んでいるかわからない靴で社内を歩き回っているのである。その床に直に置いてある書類をデスクに載せ、仕事をするということに強い強迫観念が出てくるのである。

結局、この床の一件が引き金になり、この年の四月に退職願を提出した。事情を知らない上司は、なぜ辞めるのかがわからず、随分遺留されたが、話しても理解してもらえないと思い、そのまま固辞した結果、二か月後に後任が決まり、退職となった。私にとっては、こんな大手新聞社の仕事はもうないだろうと思い、悲しくなった。いくら良い会社でも、この病気のため、約八か月しか勤められなかった悔しさはあるが、どうしようもない自分もいた。

仕事を辞めた後、仮住まいであっても、強迫観念が強く出てきて汚れの渦の中で寝泊まりしている気分になり、結局、赤羽の下宿にも住めなくなった。持っていたものはすべて処分し、その足で安いビジネスホテルに行き、体を洗い、また次の日もホテルに行き、同じことを繰り返し身支度は上から下まで綺麗なものに変え、久美子の元に戻ったのである。

家に戻った私は益々症状が悪化し、また外にも出られない状態になった。

私は、一大決心で家を出て新聞社に採用になって、自分でもこのような仕事には、もうありつけないであろうと思っていた所でも挫折してしまったという悔しさと、その反面、勤めた事によってまた一つ、強迫観念が重くなったことを知った。

家に戻ると前には感じなかった強迫観念が増してきて、外にも出られないし、家の中でも次から次へと襲ってくる強迫観念は止めようがなかった。

またこの頃から、私は久美子にも何度も手洗いを強要し、久美子が会社から帰るとすぐお風呂に入るように迫った。ドアの開け閉めの後や何かを触った後など、行動する度に手洗いをさせた。強迫観念に縛られ、余裕のない私は、明日の希望もない日々を送っていた。

第四章　妻の涙

居場所のない状態の私であったが、救いはＪ医大の教授の言葉であった。

「転がる石には苔が生えぬ」

同じ場所にある石は苔がついてくる。転がっている石には苔がつかないのだから、私自身が転がっていなければならないのである。辛くても仕事を見つけて働くしかないのだ。私も立ち止まってしまえば、益々強迫観念が覆いかぶさり、もっと身動きができなくなるとわかっている。転がらなければ……。

新聞社を辞めて半年がたとうとしていた。生活は、久美子の給料だけでなんとかしのいでいた。事務職である。さほど多くない収入と少ない貯蓄でなんとかやりくりしてくれていたが、水道代の請求書が来ると久美子は不機嫌になった。二か月に一回の請求が四万から五万と家賃に近い支払いになる。食事も、久美子が会社の帰りにスーパーの見切り品や値引きしたお惣菜とかを買ってきて色々と工夫しながらしのいでいた。そんな久美子を見て、なんとかしなければと思った。

私は、苦しい毎日の中で新聞や就職雑誌などで仕事を探し始めた。とても勤められる状態ではなかったが、転がらなければならないと自分に強く言い聞かせた。

ある日テレビを見ていると、不動産バブル期の内容だった。その時にこれからは不動産の時代であると思った。いろいろ考えた結果、不動産関連の資格をとろうと思いついた。私は、久美子に頼んで宅建の本を買ってきてもらい、症状の比較的よい合間をみて勉強を始めた。

私のような病気を持っていても資格をとれば多少なんとかなるのではないかという甘い考えがあった。勉強をしながらも、就職雑誌と新聞はチェックしていた。むしろ試験勉強をしている時は多少気が紛れた。

かなり深く勉強したので、過去の問題集などでは、完璧に近い点数がでていた。そんな中でも強迫観念は強く襲ってきた。ある程度納得いくまで手を洗い、また勉強を進めることを繰り返した。そして一九八九年度の宅地建物取引主任者の試験に一回で合格し、資格をものにした。

　資格が取れたところで、兼ねてから新聞で募集広告を見ていた不動産会社に宅建の有資格者の求人があったので応募した。書類選考が進み、面接の運びとなった。久々の外出である。

　前よりも強迫観念は強くなり、気になることも増えた。例えば、洋服にポケットがあるとそこに汚れたものが入るのではないかという観念が生まれる。背広の横ポケットはふたがついているのでよいのだが、胸ポケットは空きっぱなしだ。ワイシャツも同様である。私は久美子に胸ポケットを目だたせないような感じに糸でふさいで貰った。そして私が納得できるレベルの清潔感あふれる服装で面接に赴いたのである。

　その会社は、日本橋にある不動産の開発業者で、行政との交渉をする人材を探していた。

　何がどう気に入られたのか、私は採用となった。

私が働く上で一番気になるオフィスは清潔であった。社内は禁煙、毎日の清掃は業者が入っていた。外回りの仕事は、運転手付きの車で出掛ける。環境的にはなんとかこの病気でも働けるような感じがした。

仕事は、行政との交渉あるいは開発の現地調査をし、それを報告書にまとめ、企画管理をするものであった。

入社早々、千葉県のゴルフ場の企画が決まり、これは運よく物件に恵まれ、行政・近隣住民の調整も順調に進み発注となった。その後も大きな物件をまとめたりして、仕事に没頭していた。病気は相変わらずであったが、まだ仕事の方が勝っていた。

その後は、会社の車を一台預けられ、私自身、自由に物件探しの仕事が許され、益々仕事にやりがいと楽しみを見出していった。

その頃には、強迫神経症も少しずつ影を潜めていった。

それから二年後、私は取締役になり、名実ともに会社になくてはならない一員となっていった。

　さらにその一年後には、出向先の会社の常務取締役となり、私自身、強迫性障害はかなり良くなっていると思えた。症状の手洗いや風呂の時間も少し短くなった。外出先でも気になることに遭遇しないように思われた。これは私自身がさほど周りに神経を張り巡らせなくても良い精神状態にいたのだと思う。

　この頃、久美子とよく国内旅行をした。結婚当初から旅行好きの夫婦であった。私は、まだまだ日本の観光地で久美子に見せてあげたいところもあったので、休みの度にあちこち連れて行った。

　この時、いつもポジティブで強気の久美子が涙を流したのである。辛く苦しい毎日から、多少解放されたことと、私が毎日元気に仕事に行くことに喜びを感じているようであった。

　しかし、私の順風満帆に思えた生活も実は綱渡りのようなものであった。強迫性障害は決して甘いものではなかった。私と久美子にとってまた、暗黒の時が近づいていたのである。

第五章　二度目の挫折

この頃は、会社のゴルフコンペにも参加していて、土日は自社で開発したゴルフ場でプレイを楽しんでいた。

陽にも焼け、私はすっかり健康体のように周りからも見られ、私自身も錯覚に陥るぐらい普通に近い生活ができていた。

久美子との旅行は続けていた。時にはレンタカーを借りて、ドライブにも行けるようになっていた。私と久美子が、明るい未来を感じられた時でもあった。

平穏な日々が続いていたある日、役員会議が終わってオーナーに銀座のクラブにお伴することになった。度々オーナーには、御馳走になっていたが、その日は少し違っていた。

いつもとは、感じの違うクラブに連れていかれ、席に着くと、同じ席にはそれとわかる人間が数名いた。いわゆる反社会的組織の人間である。特に組長らしき人とオーナーはかなり親しく話をしていた。その夜は、別世界に足を踏み入れた感覚で、何を飲んだかもわからなかった。

不安になった私は、それから色々と調べてみた。すると、驚いたことに先日オーナーが会っていた人達は、日本三大ウラ組織の人間で、オーナーは対等の間柄であることが判明した。

そうなると、私が勤めている会社は、反社会的であり、やっている仕事もそれらの組織とともに不動産の開発をしているということがわかった。

目の前が真っ暗になった。前々から、何か少しおかしいと思うことは多々あった。オフィスはレイアウトに金をかけ、見た目は立派な会社構えにしてあり、芸能人の出入りもあった。また有名どころのパーティや葬式にも借り出された。

オーナーは身なりを重視する人で、幹部社員には、年何回かスーツを誂《あつら》えてくれた。私は礼服までも新調してもらった。外出には数人の幹部をお伴させるのが常であり、鋭い眼光を見せる時があった。綺麗どころの女子事務員を数名雇い入れ、私にもアシスタントを付けてくれたので、外回りの時など良く同行させたものだ。彼女達や他の社員達もきっとこのことは知らないのであろう。

今にして思えば、私のやってきた仕事の半分ぐらいは、そういったウラ関係の仕事であったのだとわかった。そして、ナンバー4になった私に対して、オーナーはそろそろ裏の部分も見せても大丈夫だろうと思ったのかもしれない。

だが、こんな私に眼をかけてくれ役員にまでしてくれたオーナーには感謝していた。また、強迫性障害の私でもここまで勤めあげられた事実は、簡単には捨てがたいものでもあった。

悩んだあげく、久美子に正直に話をした。久美子は、非常に驚いたが、非現実的でもあり、また平穏な生活を手放す勇気はなく、そう簡単に返事ができるものではなかった。

それからは、仕事の内容が法に触れそうなものは、少しずつ避けるようにしてはいたが、最終的な段階に入れば仕事を仕上げなければならない。そうなると避けては通れないことが多かった。

ある夜、オーナーの指示で幹部六名が会議室に呼び出された。

ビニールに包まれた一億円の束が十九個、テーブルの上に置かれてあった。

オーナーは、用意されていたダンボール数箱に現金の束を詰め込むように指示し、ベンツ三台に分けて積み込んだ。

目的地は、栃木であった。真夜中、東北自動車道をベンツ三台が連なり、指定された二か所に現金を運んだのである。

これは、栃木の某ゴルフ場開発に伴っての裏金であったと思われる。

私は、このような現金を目にしたのは初めてであり、驚きと恐怖でいっぱいであった。

だが、逃げるわけにはいかない。他の幹部達と行動を共にし、帰宅したのは朝方であった。

久美子には、前もって仕事で遅くなることを告げていたが、家に帰ると起きて待っていてくれた。

そんなある日、役員の一人が警察に逮捕された。恐喝罪である。

それで、私の気持ちは決まった。この三年半のことを思えば、誠に苦しい決断であったが、退職願を出すことにした。もちろん久美子にも話をした。せっかく病気を抱えながらも順調にきていた勤め先を辞めるということは、久美子にとっても不安だったが、私を犯罪者にさせるわけにはいかないし、仕方がないという結論になった。

私は、強迫性障害の病気を持った人間がなんとか仕事をし、業績を上げてきた事実はあったし、このまま続けられるのではないかという望みを持って仕事をしてきたので、予想外の理由での退職は、残念の一言につきた。すでに私は四十五歳になっていた。

その後、不動産関係の会社に二か所行ったが、会社の業績や人間関係などなかなかうまくいかず、続けられなかった。

その後、しばらく家に居ることになると、また強迫観念が急に襲ってきたのである。その時にふいにJ医大の教授の言った「転がる石には苔が生えぬ」という言葉が思い出された。やはり、私は転がっていなければならない。今まさに苔が付き始めてきているのだ。

そう思い、気を奮い立たせて仕事探しを始めた。だが、年齢の問題と前職のことがあり、うまくいかない状態が続いた。そうこうしているうちに、また恐ろしい強迫観念がぶり返してきた。あの最悪だった頃に戻ろうとしていた。

第六章　転がる石

一九九四年四月、私は小さなゼネコンに入社した。履歴書に「二級建築士」と「宅建取引主任者」の資格があることと、前職の建設会社の営業実績を認められて採用となった。また年齢も考慮してくれ、幹部候補の募集でもあったので課長待遇で入社できたが、下には全員年上の営業ばかりであって、実質上あまり管理職という感じはしなかった。

このゼネコンは、大手建設会社の下請けで九〇パーセントはその会社の仕事で業績を上げていた。社員数は五十名ぐらいの中堅会社であった。

入社してまず驚いたことは、居心地が良いというか、営業には厳しさがなかった。ノルマがあるわけでもなく、ほとんど午前中は世間話をしているのである。午前中に外出する者はほとんどといっていいほどいなかった。営業トップの伊藤は、五十代半ばぐらいで、髪を黒く染めてスーツもビシッと決めていた。見るからに色気満々の男であった。周りの話によると川越に一軒家を持ち、妻と子供が二人いるとのことだ。

しかし最近は、会社近くのスナックのママに入れあげていて毎晩というほど通い詰めているらしい。伊藤は、いつも十一時頃になると昼食に出かけて、午後の一時過ぎまで戻ってこなかった。だから下の者も、それに見習えとばかりに午後からボツボツと営業に出かけるのであった。

私などは、最初に入った会社で、「営業は会社にいては仕事にならない、朝から外に出ろ」と教育されてきたので、この会社はまことにぬるま湯に浸っている状態であった。

そのほかに五十代の佐藤や田沼という営業社員がいた。佐藤は背が高いが、頭は剥げており眼鏡をかけた虚弱体質の男であった。いつも「体が弱い」と言って仕事に対する意欲がなく、虚弱さを理由によく会社を休む。そのくせ、競馬狂いで賭け事が好きなようだ。また規則を守らず社内禁煙の中、どうどうと煙草を吸うような男であった。田沼は、中肉中背でやはりハゲであった。女好きのようで、いつも社内の女の子にちょっかいを出すが、相手にされず嫌われているようだった。

二人は、外に出ても営業することもなくほとんど喫茶店で時間つぶしをしていることがわかった。新入社員の課長である私には、年上であり、また先輩の佐藤や田沼に対し厳しく接することはできなかった。次第に私自身もすっかり居心地の良さに埋没していった。

半年ぐらいたち、以前の不動産関連の仲間の紹介で、一戸建のビル建設を設計事務所経由で受注した。規模は小さかったが大手建設会社以外の仕事としては初めてのものだった。これを受けて常務や社長は大変喜んだ。新規開拓の突破口にしたいと意気込んだ。それからまた小規模の物件を受注したが、内実は経営状態が良くなく焼け石に水の状態で、役員の間では相当の危機感があるようだった。

相変わらず上司の伊藤は、定時の夕方五時には近くのスナックに毎日通っていた。一度だけ一緒についていって、現在の会社の営業内容について話をしてみたが、「給料が安くてそこまでやる気にはならない」と聞く耳はなかった。その後、常務から飲みに誘われた時に会社が相当厳しいと頭を痛めていると聞いたが、それを営業のトップには言えないままなのであった。このようなぬるま湯の中であっという間に二年が過ぎた。

そんな時、総務の藤田と食事をした際、「会社がやばい」と聞かされた。この半年以内に大きな受注がない限り、一回目の不渡りを出すことになると言うのだ。私自身もこの居心地の良い営業にすっかり浸かってしまい、ストレスもなく自身の強迫観念は影を潜めていた。こんな状態でこのまま会社にいて定年まで過ごせたら、と思ったこともあった。それだけ強迫性障害は、あまり現われていなかった。

しかし、最後の居場所として求めて入った会社は、またしても私自身の病気のせいではなく崩れかけていたのである。

佐藤や田沼が相変わらずの仕事内容でのんきに構えている様子をみていると、

一人で必死になって働くのが馬鹿馬鹿しくなってくるのであったが、それでも私は、少なからずなんとか大きな物件を探そうと奔走した。

一九九六年、恐れていた一回目の不渡りが発覚して、この頃になると末端までこの不渡りの噂が流れていった。さすがに営業のトップの伊藤は危機感を露わにして焦ったが、普段からのツケが回ってきて、ほとんどが空回りの状態であった。そしてとうとう十月に二度目の不渡りを出し、倒産となった。全員解雇となり、皆、職を失った。

私としては、こんな会社だったから休みも十分とれて、強迫性障害も治まっていた。久美子と一週間京都旅行をしたのがこの会社時代の最後となった。

すでに私は四十九歳になっていた。この後、どうやって石を転がせばよいのだろうか。私の人生は不運が付きまとっていた。今は治まっているが、自分にとりついている強迫性障害はどうなるのだろうか。転がっていた石が転がらなくなったら……。

私の中に大きな不安がよみがえるのであった。

第七章　引きこもり

その後、何度か再就職も試みたが、この年齢になると、なかなか良い職場には恵まれなかった。今まで培った不動産の知識を活かして個人で仕事をしようとチャレンジもしてみた。しかし、思うようにはいかず、だんだん家にいる日が多くなってきた。そうなると、またさまざまなことが気になり始め、思わしくない考えがあれこれ生まれてくる。自分の頭の中では、そんなことない、大丈夫だ、と思ってもそれを否定するもっと鋭い思考が頭を過《よぎ》り、そして、早くその不快感から逃れようとする自分がいた。不快にならないようにと行動範囲がどんどん狭くなり、なるべく動かない、いや動けなくなってきていた。

そんなある日、ハエが家の中に入ってきて飛び回っていた。その様子を見ていた私は、ふと奇妙な考えが浮かんできた。

「このハエはどこからきたのだろうか。どこかのトイレや汚れた場所や地面にも止まっていたかもしれない。どこを飛んできたかわからないハエが家の中を飛び回り、所かまわず止まっている」

そう思っただけで、体が硬直してしまい、身動きできなくなってしまった。じっとそのまま、何時間か過ぎ、久美子が会社から帰ってきた。外から家に入る時は、必ず手を洗ってから居間の扉を開ける。

「ただいま」

久美子は、いつもと変わらず居間に入ると、黙って横たわっている私を見て、ただならない様子に驚いたようだった。

「健さん、どうしたの？」

「久美ちゃん、もう俺だめだ。もう動けない。この家には住めない。引っ越そう」

と伝えた。

「えっ何？　どうしたのよ」

と久美子はなだめるように私に聞いてきた。喉から絞り出すような声で、私はハエの話をした。もう私の頭の中はハエがあちらこちらに汚れを付け回し、

収拾がつかない状態になっていた。その話を聞いた久美子は、

「わかった。部屋を探すから大丈夫だよ、少し時間がかかるかもしれないけど」

と言って、私を落ち着かせようとしてくれた。

確かに、その言葉を聞いて少し救われたような気になった。あと少し我慢をしたら、この状態から抜け出すことができる。気を取り直した私は、会社から戻ってきて疲れている久美子に、ハエが止まって気になる場所を掃除してもらうように指示し、自分も風呂場に行き、何度も体や顔などを洗った。それも何時間も。

そうやって正気に戻り、食事をとり、寝て起きての繰り返しの毎日を過ごすようになった。

久美子は、次の日から会社の帰りに不動産屋を回り始めた。今の住所からあ

まり離れていない場所に良い物件はないか探したが、同じ区域内だと家賃が高く、厳しい。何件か物件を見せてもらったが、なかなか私が出す条件にあった物件は見つからない。仕方なくもう少し都心からは遠くなるが、二駅奥の場所に新築の賃貸マンションを紹介されたので中を見せてもらった。五階建ての五階、ワンフロアに二世帯だけで、門扉が付いている部屋だった。間取りは2DKで玄関の奥に八畳ほどのリビングダイニングとその横に六畳の和室があり、玄関のすぐ左側に五畳ほどの洋室。右側にトイレ、洗面、お風呂だった。久美子は、私が住める場所かよくよく考え、何度も確かめた。

「部屋は新築だから、大丈夫。玄関周りはどうだったかな」

私が玄関入り口に喚気口があると嫌だと言っていたからだが、それらしい物は少しずれて付いていたので良しとし、トイレのドアの開きは右手で開閉できる取り付けにもなっていた。駅からは徒歩十五分弱、通り道も嫌がるものはないかをチェックし何とか大丈夫そうなので、久美子一人で契約を結んだ。久美子にとっては、初めての部屋探しや引っ越しをすべて自分一人でやらなければならない不安があったが、今の私の状況を見ていたら、一刻も早く環境を変えてあげなければならないと必死だった。

引っ越し日が決まり、数日前から引っ越し先のマンションに久美子は私を連れて行った。

何もない部屋に先に久美子が運んでくれた最低限の荷物があった。夕方、お弁当を持って久美子が来てくれて、一緒にご飯を食べて久美子は家に帰った。そして引っ越しの準備を夜通しした。引っ越し当日、私は近くのホテルで待機した。その間、久美子は一人で引っ越しをしてくれた。次の日、久美子がホテルに迎えに来てくれた。新居のある程度の荷物は片付いており、ひととおり生活ができるようになっていた。

最初のうちは、環境も変わり、新しいマンションでもあり、気がまぎれ、好きな音楽を録音し、収集した物の整理などして過ごしていたが、またひとつふたつと気になることが出てきた。最初は、ドアのノブである。ドアノブの後ろ側が凹んでおり、そこにゴミとか汚れとかが入り込むと思い始めたら、我慢できなくなり、すべてのドアにラップを巻いてふさいだ。それも三重ぐらいラップを巻き、掃除の度に久美子にラップを替えてもらった。

そうなると、凸凹しているものはすべて気になり始め、すべてのリモコンや電話にもラップを巻いた。そうやって奇行はますます増え始めた。久美子は掃除の回数が増え、また掃除の内容の注文も増え、だんだん疲弊していった。

その間、久美子は病院とかクリニックとか良いと思うところに、私を無理やり連れていったりしたが、医師の話を聞いて治るとは到底思えない内容ばかりで通院はしなかった。そうこうしているうちに、だんだん外に出る回数も減り、いつしか引きこもり状態になっていた。何の楽しみもなく、ただ毎日怯えて暮らし、息をしているだけの日を何年も過ごした。手洗いの時間は長く、五分、十分と水道の水を出しっぱなしで手にかける。風呂は、二時間も三時間もかかり、シャワーを出しっぱなしで体にかける。久美子は水道代が跳ね上がり、水を出しただけで不機嫌になっていた。

そんなある日、和室に私専用の椅子がおいてあり、そこに座ってテレビを見て過ごしていたが、トイレに行きたくなった時に、また長々と手を洗わなければならないと思うとついつい我慢をするようになっていた。我慢の限界でとうとう少し漏らしてしまった。そうなるとその椅子に座れなくなり、久美子が会社に行っている間、ずっと立っていた。

だが、だんだんきつくなり、とうとう久美子にそのことを話した。そうして自分の気が済むまでの掃除を久美子に頼み、自分は風呂場へと向かう。それからは、おむつ生活となった。五十代半ばでおむつをしなければならない惨めさ。しかし、おむつをはいていると少しは椅子を汚す回数が減る。また食事もまともにおいしいと思って安心して食べられるのは、久美子が家の隅々まで掃除をしてくれて、自分が風呂で体をきれいにしている場合だ。その時だけは、落ち着いて食事ができた。それは週に一、二回。後は、食べても何を食べているのかわからなかったし、どうでもよかった。

何日も食事をとらないというかとれない時もあった。体重は見る見るうちに減り、元気な時は八十キロもあった体重が六十キロを切り、紳士物のズボンが合わず、久美子に婦人物を買ってきてもらって穿いていた。

たまに久美子が、家にばかりいる私を気遣い、旅行に誘ってくれ出かけるのだが、やはり何かしら事件が起こり、最悪な状態で旅行から戻るケースがほとんどだった。旅先で自分が汚れたと思ってしまったら、靴から洋服から何でも捨ててしまう。汚れた靴はもう履けない。久美子に新しい靴を買ってきてもらい、その場で履き替える。だが履き替えた足は汚れた靴を履いていた時の足だから、その足は汚れている。どこかで風呂に入り、体から足からすべてを洗い、きれいな服や靴下に変えた後、先ほど買ってきて履き替えた靴はもう履けない。

結局もう一足、新しい靴を買ってきてもらい、それでようやく家に帰れるのである。楽しいはずの旅行は、疲れとむなしさだけが残り、久美子には悪いことをしたなと思うのだがどうにもできない。

靴は、何足無駄にしたであろうか。ガムを踏んだ、新しいアスファルトの上を歩いた、など外に出たらいろんな気になることと遭遇する。しかも、嫌だと思っているものにまた不思議と遭遇するのである。

久美子は「何回靴を捨て、何回洋服を捨てただろうか。健さんがこの病気になっていなかったら、家の一軒ぐらいもうとっくに買えていたよ」とよく言っていた。

この家に越してきて、はや六年はたっていた。

その間、神経症は悪化する一方だった。三度目のリバウンド。恐ろしいことにだんだん症状は重くなるのである。環境が変わってもダメなのだ。転がるどころか躓《つまず》き、止まってしまった。〝苔〟が体全体に覆いかぶさってしまって、呼吸するのさえ苦しくなってきた。

夫婦関係は、崖っぷちのところまできていた。お互い疲弊し、しまいには罵《ののし》りあうようになってきた。もう限界であった。私はもうここにいたくなかった。この環境から逃げ出したかった。この時、私は五十八歳、久美子は四十六歳になっていた。

私はとうとう久美子に「病院に入るから入院できるところを探してくれ」と頼んだ。

「初診で一度診察して家に戻るということはできないから。一回家を出たら、もう家には戻れないから。お願いだから、その場で入院できるところを見つけてきて」と頼み込んだ。

久美子は、私からそんな話を言い出すことは今まで一度もなかったので、驚いたようだ。もう限界にきているのだと久美子も思ったのである。「こちらから、治療を促しても病院に行こうとしなかった健さんが今病院に行きたいと言っている。今を逃したら治療するチャンスはないかもしれない」と久美子は思ったのだ。

「健さん、わかったよ。探してみる」

久美子はその日からインターネットで強迫神経症に特化している病院探しに必死になった。

ある人に紹介され、クリニックに「家族相談」で行ったところ、そこの医師は強迫神経症で不潔恐怖の患者は通っている病院が汚いと思ってしまったら治療ができなくなってしまう、と受け入れることにあまり積極的ではなかった。その後も、大学病院など何件かにすべて「家族相談」で申し込み、話をしたが、本人が面談にも来られなければ入院は難しいと言われてしまった。

「家族相談」の費用は五千円かかった。久美子の給料だけで何件ものその費用を出費するのは、かなりきつかったがやりくりしながら、仕事の合間や有休をとりながら、探し続けた。

以前に強迫神経症についてのテレビ番組が放映されていた。そこに出ていた医師が平安大学病院の先生であった。まずそこに家族相談で行ってみると久美子は言った。そして平安大学病院を訪ね、その旨を伝えるとたまたまそのテレビに出ていた医師と面談ができたのであった。久美子は、発症した時のことや現在の症状などを必死に話してきたとのことだった。その医師は強迫神経症に特化した専門医で、私の現状を理解してくれ、ベッドが空いたら連絡してくれるということになった。

ただ、この病院の精神科は、個室は一部屋しかなく、待ち時間が伴うことも言われた。そしてベッドが空くまで、奥さんがご主人の症状等を通院して教えてほしいと言われ、私の名前で診察券を作ってきたという。久美子は一筋の光が見えたような思いで一生懸命、私に報告してきた。

私もまた、久美子から、ベッドが空き次第、入院できると聞いて少し安堵した。とにかく今のこの部屋から一刻も早く出たかった。この家は、もう行き場のない場所になってしまっている。和室の部屋でただ毎日息を殺して久美子の帰りを待っている日々だった。トイレにもいけなくて、おむつの中で用を足すが、三回もしてしまうと漏れてしまい、椅子も濡れていた。久美子が戻るとお風呂に入り、その間、掃除をしてもらい、椅子もきれいにしてもらう。

久美子のふくよかな顔も頬がこけ、体も一回り小さくなったような気がする。でもそのような感情もお風呂から出てきて、一瞬自分自身がきれいになった時とか、心に余裕ができた時だけであり、普段は久美子がご飯を食べていなくても、痩せていてもそれどころではなく、自分のことで精一杯だった。ただ、ひたすら大学病院のベッドが空くのを待っていた。

その間、久美子は数回、大学病院の精神科に通院して、症状を伝えたりしていた。薬は本人ではないのでやはり処方されず、ベッドが空くまでの繋ぎのような通院であった。

ひと月が過ぎ、担当医から電話が入った。

「個室の患者が予定より長引くため、もうしばらく待ってもらうことになります」

久美子からそのことを聞いて、私はもう待てないから断ってもらうことにした。そして久美子に再度病院探しを頼んだのである。

久美子は、仕事の合間にネットでいろいろと検索した。経理業務をしていたので、周りには人がそんなに近づいてこないという好条件ではあったが、仕事も結構忙しく検索できる時間は限られていた。そんなある日、「強迫神経症」で検索していると新宿にある関東女子医大の精神科のホームページに治療法とかに特化した内容の記事が載っていた。すぐに久美子は家族相談を申し込み、早速に関東女子医大に向かった。

対応してくれた医師は、精神科の助教授で話をよく聞いてくれた。近くにはインターンらしき白衣をきた人達も数人座ってこちらの面談に耳を傾けていた。

こちらの要望をお願いすると、すぐ入院もできると言ってくれた。「だいたい二か月から三か月の入院で通院できるまでにしてあげます」と言われて、久美子は天にも昇るような気持ちで「あ〜っ、良かった。ようやく見つかった」と心の中で叫んだと、その時のことを後日聞かせてくれた。

でも、まだ油断はできない。いざ入院しても本人が嫌がるような病棟では困る。そう考えた久美子は、医師にお願いして、病棟の中も見せてもらうことにしたそうだ。エレベーターで四階・五階・六階が精神科病棟で、四階を見せてもらった。看護師さんに続いて四階で降りると、そこは閉鎖病棟で、開錠し、中に通してくれたという。ぐるりと病棟を一回りし、お風呂、トイレ、談話室と案内された。

その時、久美子はひとつお願いをしたという。「入院時にベッドに入る前にお風呂に入れさせてもらえますか?」。これは、私の重要事項なのである。看護師さんが了承してくれて、久美子も一安心したのだと言った。

比較的軽い症状の人が入院されており、うつ病が多いように久美子は感じたそうだ。中には統合失調症患者もいるようだが、暴れるような人は入院してないと看護師さんは話したという。

ただ、今はまだベッドが空いておらず満床なのだが、個室を希望しなければ、結構早めに空きが出るだろうということである。

久美子の話を聞き、もしかして個室ではないかもしれないことを想像すると、一瞬不安を感じたが、すぐにでもこの部屋から出て、治療して楽になりたい気持ちの方が強かった。

「わかった。そこにいくよ」

私は強い意志で答えた。

その三日後に関東女子医大から電話があり、二人部屋のベッドが空くがどうするかと尋ねられた。「入院します」と久美子は返事をした。そして、次週の火曜日に入院が決まった。

久美子はさっそく入院の準備を始めた。最初は三日分ぐらいの着替えと洗面道具ぐらいを用意した。紐、かみそり等刃物はご法度。着いたら持ち物検査もある。入院のパンフレットを片手に必要な物だけバッグに詰めた。あとはハイヤーの手配をしなければ、と久美子はつぶやいていた。当日病院に行く途中何かあったら、入院できなくなる。念には念を入れて入院日に臨むことが私にも伝わってきた。

入院当日、八時にハイヤーが自宅に来た。

私が先にハイヤーに乗り込み、久美子はバッグを持って、行き先をドライバーに告げた。

一時間ぐらいで関東女子医大に着いた。ハイヤー代は一万二千円ぐらいかかった。精神科に行き、バッグを椅子に置くと、久美子は手続きをしに受付に行った。

戻ってくると、最初に診察があるということで、かなり待たされることになった。その間、私はその待合室の椅子に座れず、ずっと立っていた。久美子は、万が一、変な患者が近寄ってきたらまずいので、私をなるべく人気のないところで待たせてくれた。一時間ぐらいいたった頃、名前が呼ばれ、初診を受けた。大体のことは久美子が話してくれていたので、「では入院して治療していきましょう」という話で終わった。確かに頬はこけ、うつろな眼差しをしており、夏なのに手袋をして、マスクもしている。それだけ見ても普通ではないと思うだろう。

一通り診察を終え、「では入院手続きを」となった。別室で入院時の説明を受け、最後に直筆のサインが必要になった。その時、私はサインができないでいた。書類を見つめ、じっとしている私に久美子は「健さん、サインしなければ入院できないよ。ペンが気になるなら私のペン使う？」と言って久美子は自分のバッグからペンを出して私に渡してくれた。一瞬躊躇したが、意を決して震える指でサインをした。時間でいえば三分ぐらいの出来事だったが、その一コマが異常に長く感じられた。

そうしてエレベーターに乗り、五階の病棟に入院することになった。病室に連れていかれ、最初にお願いしていた通り、お風呂に入れてもらった。風呂から出てきたら、少し気持ちも楽になり、初めて病室を見ることができた。隣には初老の男が横たわっていた。ちょうど昼食時とあって、私の分も用意されていた。朝から何も食べていなかったので、おなかも空いていた。「健さん、ごはんどうする？　ここで食べる？　それとも談話室で食べてもいいみたいよ」と久美子が言うので、「じゃ、談話室で食べようか」と、食事を運んだ。久々にホッとした気分で食事をした。その間、久美子は病室に荷物の整理をしに行った。

ごはんをゆっくり食べていると、一人の男が前に座り、足を組み、靴の底を食べている私に向けた。その瞬間、もう体中が汚れた感覚に陥った。ご飯どころではない。その時、久美子が戻ってきた。

「だめだー。もう一度お風呂に入らなければ。お風呂に入る」

「どうしたの？」

「男が靴の裏をこっちに向けて座ったんだよ」

久美子は、これはもうだめだと思い、ナースステーションに行って看護師に頼み込み、すぐにお風呂に入れさせてもらった。

お風呂に入る順番の男の人が「なんだよ。俺の番じゃないか」とブツブツ怒っていて、久美子は平謝りに「すみません。すみません。すぐに終わりますから。ほんとすみません」と何回も頭を下げた。再度お風呂から出た私は病室に戻り、落ち着きを取り戻した。

その後、入院の間、専任になる「林田」という名のナースが挨拶にきてくれた。小柄で眼鏡をかけた三十代前半のナースだった。林田さんは、はきはきしていて元気いっぱいで、優しそうな印象だった。「なんでも気になることがあったら言ってください」と言ってくれた。久美子は、林田さんを大変気に入り、入院の間とても頼りにしていた。思いやりがあるナースが専任になってくれてよかったと思った。それから担当医の女医の山富先生がきた。山富先生は四十歳前後か、細身のおとなしい奥様という印象の先生だった。薬の説明と治療の説明をしてくれた。

あっという間に夜になり、久美子は家に帰って行った。

ああ、今日からここで治療が始まるのか。

第七章　引きこもり

今日一日の疲れが体を襲い、私は眠りについた。

第八章　閉鎖病棟

朝、目が覚めたら病室のベッドにいた。「そうだ、昨日入院したのだ」と私は思った。

二人部屋で、横のベッドに寝ている初老の男は、朝から何やらブツブツ呟いている。

とりあえず、顔を洗いに洗面所へ向かった。

学校の洗い場みたいに、蛇口がいくつも付いている。そこで歯を磨き顔を洗った。昨日はいろんなことがあり病棟の様子もわからずじまいだったので、病棟の廊下をぐるりと回ってみた。

病室のドアがずらりと並んでおり、閉め切っている部屋、ドアが開いている部屋、個室とあり、トイレ、お風呂、談話室があった。

入口の前にはナースステーションがあり、患者が勝手に入ってこられないようにいつも施錠がされていた。なにか用事がある時は、小窓を開け用件を告げるようになっていた。

出入りする時にはその都度ナースに声をかけ開錠してもらう。

「これが閉鎖病棟というところなんだ」と私は思った。

朝食は昨日のことがあったので、病室で食べることにした。最近、食事らしい食事をしていなかった私は、病院食がおいしく感じられた。

もうひとつ気持ちが楽になっているのは、ここは自宅でないということであった。仮の住まいは私にとって多少汚れたとしてもずっと住むわけでないという気持ちが働くのである。

食事が終わると、ナースが薬を持ってきてくれた。必ず飲んだことを確認するまで、ナースは見届ける。普通は、ある程度薬の管理は患者に一任するが、精神科はそこが違う。その都度薬を持ってきて、ナースの前で薬を飲まなければならない。ナースも薬をきちんと服用したか必ず口の中を確認するのである。

午前中に、担当医の山富先生がやってきた。今日から、点滴による治療を始めるということである。先に、この時期海外で精神病、特に強迫観念に効果がある「SSRI」という薬が日本でも認可が下りて治療が始まっていることを知っていた久美子は、先生にお願いしてこの治療をしてほしいと頼んでいたのであった。精神薬は、二週間ぐらい続けて投与しないと効果がわからないという。また、新薬であるのでどんな副作用が出てくるかも心配であったが、とうとう始まるのだと私は思った。

午後からは、別室で山富先生の問診があった。家族構成や、家族の中に精神疾患の人はいなかったかとか、学歴、その他諸々生活面のことを聞かれた。もともと神経質な要素があった私は、独身が長かったこともあり、自分の良いように暮らしていたが、結婚することによって、性格の違いすぎる相手との生活のギャップが重荷になり、また結婚生活を大事にしたいがために発症の引き金になったのではないかと先生は言われた。

明日は、脳波の検査をするという。一瞬不安になったが、病院に入った以上避けるわけにはいかなかった。夕方六時頃、久美子がやってきた。私は、久美子に「明日は脳波の検査があるから、なるべく早く病院に来てくれないか」と頼んだ。頭に液をつけて調べるため、終了後はお風呂に入りたかった。

久美子の会社は、御茶ノ水にあった。就業時間は九時三十分から十七時三十分が定時である。関東女子医大までの道のりは、都営新宿線の曙橋で下車し、坂道を登ってだいたい二十分ぐらいである。

久美子は、仕事が終わると急いだ。検査を終えた私が待っている、大丈夫だろうか。検査はきちんとできただろうか。道中いろんなことを思いながら、病棟へ急いだと言った。

インターホンを押し、「嵯峨の家族の者です」と言う久美子の声が聞こえた。ナースが鍵を開け「すみません」とナースに頭を下げて久美子は中に入ってきた。そして、入り口にある長椅子にチョコンと座っている私を見つけた。

髪は、液でベトベトになっており病室にも入れず、私はひたすらここで久美子を待っていたのである。久美子は、その姿を見るとかわいそうになって胸がキュンと痛んだ、と後に語ってくれた。そして、早くお風呂に入る用意をしてあげなければと、病室に行ってお風呂道具と着替えを取り、私のところへ持ってきてくれた。私はそれを持ってお風呂場に向かった。一時間ぐらいでお風呂から出てきて、久美子の待っている病室に戻った。私は自分がお風呂ですっきりしたので、久美子の顔を見ると思わず笑顔になっていた。

その後、遅い食事を病室内で済ませ、今日の出来事を私は久美子に語って聞かせた。

夜八時になると面会時間も終わり、久美子は洗濯物を持って帰って行った。私は山富先生から昨日聞いた話は、久美子には話さなかった。久美子にも原因があるなどとは言えなかった。

入院三日目、薬の副作用で異常に手が震える。山富先生は「ＳＳＲＩ」から、「アナフラニール」という一般的な抗精神薬に変えた。

少しずつ、病院にも慣れてきた頃、また尿をもらしてしまった。

仕事先で携帯が鳴ったと言って久美子が病院に飛んでやってきた。専任看護師の林田さんは病院に来る時にパッドを持ってくるように言ったそうだ。久美子は、曙橋から病院に向かう途中でドラッグストアに寄り、紙おむつとパッド、飲み物も数本買い込んでいた。

病室に着くと、ベッドにチョコンと座って久美子を待っている私がいた。そして夕飯を食べるのであった。「また、漏らしちゃったんだ？」と久美子に聞かれたので、私は「うん」と一言答えた。

ナースが薬を持って病室に来たので、久美子は入院している間に泌尿器や腸など内臓の検査もしてほしいと頼んでくれた。「わかりました。先生に伝えておきます」そう言って、薬を服用したか確認を終えて病室を出て行った。

「健さん、入院している間にいろいろついでに診てもらおうね」。久美子は、私にそう言って面会時間いっぱいまでいてくれた。その時私には、毎日久美子が病室に顔を出してくれるのが一番の楽しみになっていた。

入院して一週間が過ぎた頃、担当医の山富先生が異動となり、急に先生が変わった。

その先生が、私にとって運命の出会いとなった。

「白澤百合子」という名前で二十代後半であろうか、美しい先生であった。早速私は公衆電話から久美子に電話をかけた。

「担当医が変わったよ。白澤先生という若い先生になった。今日、病院に来たら会えるといいね」。私はそう久美子に伝えた。夕方、久美子が病院に来た時、たまたま、まだ病棟にいた白澤先生と廊下で会った。私が「白澤先生だよ」と紹介すると、久美子は「よろしくお願いします」と頭を下げた。白澤先生も軽く会釈をして、そのまま通りすぎて行った。

久美子は、びっくりしたようだ。その日、白澤先生の白衣の下は、膝上丈のスカートにハイソックス。髪はロングで、まるで幼稚園の先生のようで、精神科の先生には見えなかった。

「健さん、大丈夫かな。幼稚園の先生みたいな感じだよね」と少し不安げに言った。

次の日から、白澤医師の治療が始まった。

まずは、二時間ぐらいの面談からスタートした。私の生い立ち、家族構成、夫婦のあり方、また発症するまでの精神分析、発症後の私自身の気持ちと経過、そして現在に至るまでの病状の変化と何が問題なのかなど事細かく聞いてきた。

面談の終わりに、白澤医師は私に「あなたは必ず良くなります。私に任せてください」と言ってくれた。その時の私は救いの神が現れたような気分で目の前が明るくなったのであった。

まず、白澤医師がしたことは、個室に移るということであった。今の二人部屋では、環境が良くなく治るものも治らなくなるという。私は、二人部屋でもベッド代が高いのに個室だと経済的に無理だと思うと伝えたが、白澤医師は、奥さんに電話して確認を取ろうと言う。その場で久美子に電話を入れた。

「もしもし、俺だけど、今白澤先生も一緒なんだ。二人部屋から個室に移ったらどうかと言われた。今先生と変わる」

「白澤です。急にすみません。ご主人さんの場合、共同部屋ではなかなか治療に専念できないので、個室に移ることをお勧めします。いかがでしょうか?」

突然のことで久美子も驚いたようだが、先生直々に電話をしてきたので断りもできず、「はい、わかりました。よろしくお願いします」と答えるしかなかった。その夜、久美子が病院に来た時には私はもう個室に移されていて、あまりの早さに久美子は驚いていた。

次に先生がしたことは、向精神薬を点滴で注入するというものであった。これは、効果が早く、私のような患者には、最適であるとのことであった。

私は、個室になったことで精神的に落ち着き、自分のペースで治療を受けられた。白澤医師は、日に二度、私の部屋を訪れカウンセリングをし、今の私の悩みや何か新しいことに挑戦する気はないかなど前向きな方向性を説くのであった。


入院して一か月過ぎた頃には、私はこの閉鎖病棟内の空気にも慣れ、重症な患者を見る度、自分はまだ良い方であると思えてきた。白澤医師は、積極的であった。私にどんどん外に行くことを進めてくれた。自由に外出できるのは、私ともう一人の女性患者だけであった。

ある時、午後の外出届をナースステーションに提出し、いつものように出かけた。

曙橋の駅方面に歩いて行って、適当な場所から戻ろうとして病院に向かう途中、歩くのが遅く後ろの人に足のかかとを踏まれ、靴が半分脱げてしまった。足が地面に着いたのではないかと思った瞬間からパニックに陥ってしまった私は、どうしたらよいかわからなくなった。帰りの予定時間よりかなり遅くなったが、どうにか病院に戻った。

ドアを開けてもらい、ナースに風呂に入りたいとお願いしたが、もう入浴時間は過ぎていて無理と言われた。その時、たまたままだ病棟に残っていた白澤医師が出てきて、私の顔を見て察したのであろう、すぐにナースに入浴できるように指示してくれた。私はお風呂場に行き、着ていたものを洗濯袋に入れて、お風呂に入りどうにか落ち着いたのである。いつもいない時間に白澤医師がいてくれて本当によかったとつくづく思い、またなにかあったのだと察してくれたことに益々、信頼を寄せていった。

白澤医師は、私の好きなことを伸ばしやってみることを進めた。私は歌謡曲の詩を書くのが好きだというと「ぜひ書いて私に見せてください」と言った。

白澤医師は、私の病状が悪化したことについて、カウンセリングの中で分析をした。初めは、犬の糞に始まって、そのことをきっかけに強迫観念がいろんなことに発展していって、今ではありとあらゆるものが汚く思える私であったが、白澤医師は、私の気持ちを丹念にヒアリングしてその強迫観念のメカニズムを分析していった。

結果、私自身が人生をより良く生きたい思いが強すぎて、自分自身をコントロールできなくなっているというものであった。

カウンセリングの中で私が一番参考になったのは、「汚いものと戦わない」ということであり、「汚いと思うものは目をつぶって通り過ぎるのを待つ」という対処方法であった。私はその話を聞いてものすごく気が楽になった。

棟内の雰囲気にも慣れて、棟内の患者さんとの接触やナースとの会話でいろいろなことがわかってきた。患者の九割が統合失調症と躁鬱病であった。入院してくるからには、患者はかなり危険な状態であって、自分以外の者を傷つける、また自分自身を傷つけるということもあり、閉鎖病棟の存在は当然だと感じられた。また、ここは、男女混合の病棟ということも少し他の病院とは変わっていた。

普段は、静かな病棟だが、急患が入ってくる時がある。一人のアルコール依存症患者が連れられてきた時は、酒も切れていたのかかなり暴れていた。看護師さんたちが何人かで押さえつけ、閉鎖個室に入院させられた。

その部屋は病棟の奥の方にあり、いつも施錠されている。部屋の様子はモニターを通して、ナースステーションで確認できる。依存症患者の多くが何日かの間は禁断症状が出て暴れ出すが、禁断症状が治まった時点で、一般の部屋に移されていた。

たまたま、その患者と話をする機会があった。何回も酒を絶とうと思ったが、できなかった。家族が見かねて病院に入れられた。禁断症状は凄まじいもので、虫がそこら中から湧いてくるように感じる。いくらはらっても次から次と出てくる。そんな幻覚症状に三日間苦しめられた。今は、少し落ち着いてきている。あと数日したら断酒の施設に行くことになっている。そう彼は話してくれた。

談話室に行くと、誰かしら患者がいて自然と会話が始まる。

ある有名どころの女子大を出たその人は、三十代半ばぐらいであろうか。語学が堪能でその能力が活かせる職場で働いていたが、別れた亭主に性病を移され、そこから精神に異常をきたし、他人が信じられなくなり、医師さえも敵とみなすような状態であった。そのため、他の患者と何かしらのトラブルが発生し、要注意患者と目されていた。私もトラブルに巻き込まれそうになったが、看護師さんが見つけてくれて事なきを得た。

このように院内にも目に付くことが増えてきた。ある時、どうしても我慢できないことがあり、その日の担当看護師に話をしたら、「ここには、みんなおかしな人が入っているのだから、仕方ないでしょ。あなたもおかしいのだから、我慢してください」と言われた。私はカチンときた。自分を侮辱されていると同時に患者をそのようにとらえているのかと思ったら、この病院にはいられない。たしかにおかしいかもしれない。でもそんなふうに思って患者と接している看護師の元には、もういたくないと思った。

私は、久美子が夜面会に来た時に、「退院するよ」と伝えた。久美子は驚き、理由を聞いてきたが何もいわず、「とにかく退院する。今度の土曜日に退院するから、荷物を少しずつ持ち帰ってくれ」と頑《かたく》なに久美子に伝えた。久美子は専任看護師の林田さんにも聞いてみたが、林田さんにわかるわけがなく、「急に退院したいと言っていて理由を言われないんです」と答えるだけであった。久美子はがっかりして、私の言うとおりに荷物を持って帰っていった。

土曜日、久美子は、覚悟を決めて退院する私のために午前中の早い時間にやってきた。病室に行くと、私がいなかったので、ナースステーションで尋ねると、「今、散髪を頼んだので、髪を切っていると思いますよ」と言われ、廊下をぐるりと回って散髪している私を見つけると、安心して先に病室へ戻って行った。

私が、散髪を終えて病室に戻ると、久美子は退院の準備をしていた。ボストンバッグに着替えや小物を詰めていた。

するとそこへ白澤医師が入ってきた。そしていろいろと私に話しかけてきた。なぜ、退院したいのか。まだ治療半ばなので、せっかく今まで頑張ってきたのにもう少し頑張ってみてはどうか……。しかし私は頑なに「退院する」と言い続けた。

小一時間ぐらい問答を繰り返し、ふと白澤医師がスタッフのことを聞いてきた。その時私は、答えに詰まってしまった。なぜなら退院の理由がそのとおりだからであったからだ。そして白澤医師は、その看護師の名前まで当てたのである。私は、白澤医師が自分の辛さをわかってくれたと思うと自然に涙が出てきた。そしてこの医師のところなら、治療を続けても良いと思えたのである。横をみると久美子も一緒に泣いていた。

白澤先生は、満面の笑みを浮かべ「では、このまま入院を続行し、治療を続けますね」と聞かれ、私は「はい、よろしくお願いします」と答えていた。久美子も安堵し、荷物をもとの位置に戻し、病室で夕方まで私と過ごした。


二か月を過ぎた頃には、病棟の中では多くの患者さんと話をするようになった。そうこうしているうちにすっかり病棟の人気者になり、聞き上手の私は「精神安定剤さん！」とあだ名で呼ばれるまでになっていった。

その中で、談話室で時折り顔を合わせ、親しく話をするようになった男性患者がいる。見た感じは、六十過ぎの初老といったところだ。スキンヘッドで、話の途中、良く頭をツルリと撫でる癖があり、それがとても印象的であった。ある時、彼は入院したいきさつを話してくれた。

彼は、ずっと独り身で六十歳までは働いていたが、病気になり仕事を辞め、家で悶々と過ごすようになった。それは突然やってきた。自分の気持ちがどうしても抑えられなくなり、台所から包丁を持ち出し、ふらふらと外に出て行った。近くには幼稚園がある。そこに飛び込み包丁を振りかざし、暴れたくなる衝動に駆られた。園児を傷つけたいという気持ちが強くなり、そのチャンスを待つために幼稚園の入り口で包丁を片手にしばらく立っていた。

今だと思い、園に飛び込もうとした瞬間、目の片隅にお巡りさんの白い自転車が偶然通りかかるのが見えた。はっと思い、我に返った彼は、お巡りさんに駆け寄り、「助けてください。このままじゃ園児を傷つけてしまうので、自分を捕まえてください」と言ったのであった。その後、銃刀法違反で逮捕されるなどいろいろあった末に、最終的にはこの病院に入院となったというのである。

私は、その話を聞いて衝撃を受けた。その時、お巡りさんが通らなければ、大変な事件になっていたかもしれない。一方、彼もそこで立ち止まれたということに、なんというか人生というか運命というか不思議さを思い知らされたのである。彼は普段はおとなしく、そのような凶暴なことを考えるような人間にはまるで見えなかった。大変物知りで、私はすっかり意気投合してしまった。彼は「一生この病棟にいるつもりだ」と頭をツルリと撫でながら言った。

その頃には、外泊が治療の一環となった。土曜の朝、久美子が病室に迎えにきて、一泊して日曜日の夕方に病室に帰る。

最初の外泊は、嬉しさと不安の入り混じったような感覚で、久美子を待った。久美子が来て、外泊届をナースステーションに出し、病棟の出入口の鍵をナースに開けてもらい「行ってきます」と私が伝えると、ナースも「行ってらっしゃい。気をつけてね」と言って送り出してくれた。久美子は軽く会釈をし、病棟を後にして病院の外に出た。曙橋の駅までゆっくりと、久々に久美子と肩を並べながら歩いた。途中、とんかつ屋があったのでそこで昼ご飯を食べた。

外食もしばらくしていなかったので、おいしく感じた。

　電車を何本か乗り継ぎ、わが家に着いた。二か月ぶりのわが家だった。いつものように玄関に入ると、洗面所で着ていたものをすべて洗濯機に入れ、風呂場へ直行した。風呂時間は家にいた時よりも短くなり、だいたい一時間ぐらいで出てくることができた。裸で部屋に行き、久美子が用意してくれていた着替えをまとい、自分の部屋で夕方までテレビを見ていた。久美子は近所に夕飯の材料を買いに出かけた。病院の食事も最初のうちはおいしいと思ったが、だんだんと飽きてきていた。もともとパンとか揚げ物が好きなので、外出した時など、買ってきて食べていた。

　外泊中でも入院中のベッド代はカウントされるのだなと思うともったいない気持ちもあったが、本当に家に入れるかという不安もあったので、それは仕方のないことだと思った。

　久美子が、夕飯の支度ができたと声をかけてくれたので、部屋から出て手を台所で洗い、食卓に着いた。私の好きなマカロニサラダや唐揚げが並んでいた。ゆっくりと二人で向かい合い食事をしたが、意外と穏やかな気持ちで過ごすことができた。

次の日、朝は少しゆっくりめに起き、朝食をとって時間まで部屋ですごし、二時過ぎに家を出て、病院に向かった。道中、久美子が気をつけてくれているのもあったが、無事に曙橋の駅に着いた。いざ通りを歩いてみると坂道がかなりきつい。けっこう良い運動になった。病棟の入り口に着き、インターホンを鳴らし、ナースに鍵を開けてもらい中に入った。「あら、嵯峨さんおかえりなさい」と病室に行くまでに何人かの入院患者に会い、声をかけられた。部屋に入り、久美子はまた面会時間いっぱいまでいてくれて、家に戻っていった。

夜、ベッドの中で思った。久美子は毎日あの坂を歩いて面会に来てくれていたのだ。入院費用はどうしているのだろうか。あまりお金のことは口にしない。久美子も結婚当初に比べたら、かなり痩せた。他の入院患者のほとんどの家族は顔を見せない。土日の休みにちらほらと見かける程度で、私みたいに毎日来てくれているところはなかった。

また、ここに入院して胃カメラや腸カメラの検査もしたが、それは久美子が全部看護師さんに頼んで実現できたことだった。入院しているからできることであって、普通の通院では検査はできなかったと思う。検査の度に職場を早退したり、休んだりして付き添ってくれた。おかげで失禁も治り、オムツをしなくても良い状態になった。

久美子への感謝が胸いっぱいに溢れた。明日、久美子が来たら、「一日おきで良いよ」と言ってあげようと思いながら眠りについた。

何回か外泊治療を続け、三か月を過ぎた頃、白澤医師は、退院を勧めてきた。もうあの最悪な状態には戻らないだろうということで、とりあえず週に一回の通院をしながら様子を見ていきましょうと退院の運びとなった。

久美子は言った。

「最初に家族相談に行った時、助教授が言ってくれた『三か月で通院までできるようにしてあげましょう』という、その言葉通りになったね」

第九章　Let it be

ついに退院の日が来た。

まだ不安でいっぱいであった。午前中に久美子が来て、退院の手続きを済ませてくれた。

病院の外に出ると、何かフワフワと足が地面に着かないような感じがした。ちょうど昼食の時間であったので、久美子が前もって見つけておいたとんかつ屋に連れて行ってくれた。私の好物のとんかつを食べさせてくれるという。感謝・感謝である。

食べ終わる頃には、不思議と不安が薄らいでいるのがわかった。

自宅に戻ると、久美子は私が気にしないようにと、部屋は綺麗に整頓されていた。

さあ、これからは前のようにならないで、できるだけ普通に近い生活をしようと思った。

退院して、最初の通院の日になった。久美子に付き添ってもらって病院に行き、二、三十分待ったぐらいに名前が呼ばれた。一週間ぶりに白澤医師の顔を見た。先生は普段通りに診察をし、最後に「私、異動になります。嵯峨さんの診察は今日が最後になってしまいますね」と言われた。私はショックだった。

「嵯峨さんは本当に頑張りました。これからも治療を受けていくと、もっと良くなりますから引き続き頑張ってくださいね」

と励ましてくれた。

「今度の勤務先は埼玉なので遠いから通院は難しいと思うけど」

と言いながら新しい勤務先と電話番号をメモで手渡してくれた。

「嵯峨さんには、私のあとどんな医師が良いか考えましたが、嵯峨さんの治療に一番ふさわしい先生に頼んでおきましたので、大丈夫ですよ」と言ってくれた。

私は「先生と一緒の写真がほしいので撮らせていただいても良いですか」と

聞くと、先生は快く写真に収まってくれた。

心惜しい感じであったが、最後に久美子が先生に質問をしていた。

「先生、主人は事実に向かい合おうとしません。マスクをしたり手袋をするのも汚くならないために最初から防禦をするようなことではありませんか？　嫌なことに遭遇することが予想される場合は遠回りしたり、隠れたり、通り過ぎるまで待つんです。私には策ばかりに頼っているような気がするのですが、どうしたらよいですか？」

しばらく考えた先生は、

「何かあった時には、まずその気持ちを楽にしてあげなければ先に進みません。そう思っている人にそんなの汚くないとか我慢しなさいとか言っても無理なことなのです。またできていれば病気にはなりません。なるべく早く気持ちを正常にしてあげてください」

と言われた。

久美子は「はっ」と思ったようだ。「さすが精神科医だわ」と感じ入り、その言葉は、その後も忘れることなく久美子にとって私に接する時の良い教訓になったという。

それから週一回の通院が二週間に一回とだんだん間隔が広がった。白澤医師の後任は弥生さんという名前の先生で、私は「弥生先生」と呼んでいた。弥生先生の初めての診察の時、「大丈夫でしたか？　病院までの道中は……」とまず聞かれ、「ええ、どうにか無事にたどり着きました」と答えると、「嵯峨さん、私も同じ病気なんですよ。私が東の大関なら、嵯峨さんは西の横綱ね」と言った。弥生先生は、白澤先生とは別のタイプの先生だったが、良く私のことをわかってくれていて気遣ってくれた。

ある時、弥生先生の診療が終わり、昼時だったので売店でサンドイッチを買っていたら、弥生先生と偶然に会い、「これからお食事？　私もそうなのよ。一緒に食べましょう」と誘ってくれてベンチに座り、いろいろな話をしてくれた。弥生先生とは、一年ぐらいでお別れとなった。

話によると、個人クリニックに移るということであった。大学病院は異動があるので、このような病気を持っていると大変なのだろうなと思った。

弥生先生は「嵯峨さんに一番良いなと思う先生に後のことは頼んでおきました」と言ってくれたが、その先生は「津久井聡美」という名前で、久美子の妹と同じ名前とあって親近感を覚えた。ボーイッシュな感じでかざらず、また無理強いもしない。だけど、どんどんと課題を出し、背中を押してくれる先生だった。今まで一人で自宅に入れなかった私は、いつも久美子と待ち合わせをして自宅に戻った。自宅を出る時は、自分で鍵を閉めて出てくることができるのだが、家に入る時は、やはり外に出たということで、自分が汚れているという観念が強く、どうしても一人で鍵を開けて入ることができなかった。それが津久井先生のおかげでクリアできたのである。

先生は、診察の度に現在の状況を聞いてくれて、克服できそうなものに対して課題を出してくる。次回、診療の時に結果を報告しなければならない。先生に良い結果を持っていきたいし、褒めてもらいたい気持ちも出てきた。自分の娘みたいな年齢の先生だが、何か心を動かされる。病気を良くしてあげたいという先生の熱意も感じられた。これが相性というものなのだろうか。次第に活動範囲が広がっていった。白澤先生とはまた別の意味で私に大きな影響を与えてくれた先生だった。その津久井先生も二年ほどで他の病院に異動となった。

通院中にハプニングも何回かあり、途中で、駅の階段で転んだりもした。その時はさすがに一人では対処できなく、久美子に電話して会社を早退してもらい、私は駅の近くの大型店舗で待っていた。そして、このままでは家に入れないので、着替えのズボンと上の服と靴を買ってきてもらい、その店舗で着替えて家に帰った。

「健さん、着ていた上着は？」と聞かれ、「あー、捨てた」と答えると「えー、あれ高かったのに。もったいない」と久美子はガッカリしていたが、それ以上は何も言わなかった。そんな出来事も時折あり、その後の通院には久美子に付き添ってもらうようになっていった。

少し動くことができるようになると、久美子に年金事務所に連れていかれた。私もあと数か月で六十歳に到達する年齢になっていた。久美子は、年金が支給されるか心配になったようだ。案の定、加入年数がクリアできていなかったらしく、任意で足りない分を国民年金で補う手続きをした。

大学を卒業して大手建設会社に入り、サラーリーマン時代は九年ぐらいで、その後は兄の事業の手伝いをし、自営業もした。その時代は年金に加入できていたかは覚えていないが、その後久美子と結婚して、サラーリーマンをやったが強迫神経症のせいで転職も多く、しまいには、引きこもりになり、このような状態では年金の年数が足りていないのも当たり前のことであった。久美子はその後、二年近く任意で年金を払ってくれた。

　通院が二年近くたった頃、私も少し気持ちに余裕が生まれてきた。久美子も職場で昇進し、管理職になった。久美子が五十の歳になり、中古のマンションでも買おうかという話になった。久美子もローンを組める最後の年齢になってきているので、今決めなければと、久美子は不動産屋さんを回り、休みの日は不動産屋さんと一緒に物件を見て回った。


　今の住んでいる場所から近いところに一つ良い物件が見つかった。ほどよい広さもある。二階というのがいまひとつなのだが、築浅で間取りも使いやすそうだった。しかし不動産屋さんとの交渉がうまくいかず、ほぼ決めかけていたのだが、断念した。

　少し時間をかけて探そうと久美子に話をしていたが、たまたま近所にマンションが三棟建設され、盛んに勧誘していた。新築は無理だと思いつつも参考に内覧することにした。その中の一棟がバス通りの角地に建っており、バス停もすぐ目の前であった。内覧を案内してくれた営業の話を聞いて久美子は少し心が動いようだ。

「健さん、さっきの物件どう?」

「うん、三つのマンションの中では一番良いかもな。施工は地元の工務店だから、何かあったら対処してもらえるだろうし」

「あのマンション、新古マンションのようだから交渉してみようかな。どうかしら?」

「良いかもな、聞いてみても」

行動力のある久美子は早速、次の日、名刺をもらった営業マンに電話をし、会社に来てもらった。そしてこちらの条件を伝えて手ごたえのある返事をもらった。翌日の夜、久美子と私は共に購入しようとしているモデルルームで交渉を始めた。

私は建設会社にいたので、その辺は強みであり、相手に対する牽制にもなり、三時間ぐらい交渉時間はかかったが、契約書に押印した。その日は私の誕生日であったので帰りに遅い食事をファミレスでとりながら、お祝いをした。心地よい疲れがあったが、これからのことを考えると楽しみでもあった。

久美子は精力的に動いた。その後の手続きは久美子がすべてやってくれた。新居に入れる家具や電化製品など、久美子の休みの日にお店を見て回り、購入手続きをした。

引っ越しは、四月半ばに決めた。私は一足先に新居に配達される家具などを受け取り役として移り住んだ。またもや、久美子は一人で引っ越しの準備をし、引っ越しの前日は徹夜で作業して間に合わせた。二トン・ロングトラックでは入りきらず二往復した。その度に久美子は行ったり来たりしたものだから、夜には疲れ果てて動けなくなっていた。外に出て夕飯をとった。

「ここが終の棲家だね」と私が言うと、久美子は「そうか、そうだね」と言ってニコッと笑った。

このマンションに引っ越したことによって、私の病気もだんだんと良くなっていった。

3LDKのマンションは九階建ての六階部分で、リビングの景観は広々として気持ちが落ち着く。

快適に暮らしができるようになった。

そして一番変わったことは、わが家に人が来るということであった。久美子の姉妹は、東京に遊びにきて何泊も過ごす。また久美子の友達も遊びに来て一緒に食事をしたりする。以前の私だったら考えられなかったことである。他人様が自分の家に入ってくること自体、許すことができない自分だった。今はそれができている。そういうことができているのは、私のことを一番理解している久美子の気づかいや配慮が事前にあるからだ。その中で自分は生かされているのだ。

今にして思うと、私の強迫性障害は、犬の糞から始まって、それが引き金になったのであるが、おそらくそうでなくても違う形で、この病気を発症していたと考えられる。私自身のこころにあるものが何かの形でその方向に向かっていったと思うのである。

何にしても、このチャンスを無駄にせず、より良い生活をしたいと私は願った。失われた三十年を、ましてや新婚間もない頃から苦しみの中で過ごしたわけで、それを取り返さなくてはならない。

早速、十年有効のパスポートを用意し、まずは近場の台湾に行くことにした。多少の不安はあったが、久美子の友人が台湾に住んでいることもあって出かけたのである。

意外と楽しい旅となった。久美子の友人がホテルまで訪ねてきてくれ、久々の再会にハグをされたが、それも嫌ではなかった。久美子はオプションで観光を一日入れてくれていたので、美術館や観光名所をバスで巡り歩いた。ホテルもAランクで快適に過ごすことができた。私の恐れていた強迫観念はかなり治まっていて、無事に旅行から帰ってくることができた。

この勢いで、次はグアム島に行くことにした。

私の強迫観念は非常に弱くなっていた。

それには、ひとつコツがあり、白澤先生が言った「強い強迫観念が起きそうな時、その強迫観念と戦ってはダメです。その強迫観念が起こりそうになっているとことから逃げるのです。そして、あるがままにその場をやり過ごすことです。また、どうしてもそのことに負けてしまったら気が晴れるまで、それを取り払うことです」を、いざという時には唱えることだった。

処方されている薬の効果もあるが、私のこころは、かなり安定したものになっていった。

グアムでは、航空券とホテルとスポットでの観光を予約し、後はフリーにした。二人でホテルからバスに乗り、繁華街まで出かけてツアーガイドブックを片手においしいパンケーキの店を探し歩いて食べ、そしてぶらぶらとショッピングを楽しんだ。またホテルの前がプライベートビーチになっていたので、新婚旅行以来だったが海にも入ってビーチで遊んだ。

最後の日は、夕食を少し豪華にしようと決めて、レストランでシーフードグリルを食べた。レストランのウェイターがとても良い人で写真を撮ってくれただけでなく、会計時に小銭が足りなかったけれど自分のポケットから出してくれた。旅行先での親切にふれ、心が温かくなった。

そんなほっこりした気持ちもつかの間、帰りのホテルまでのバスが目の前を通り過ぎていった。赤マークの最終便であった。ゆっくりしすぎてバスがなくなってしまっていた。タクシーに乗ろうにも、お金を使い果たしていて歩いて帰るはめになりそうだった。機転を利かした私は、ビルの警備員に片言でバス

のことを聞いたら、まだルートがあるというので二人でそのバス停まで走って
なんとかバスに乗り込むことができた。

久美子と旅行すると、いつも珍道中になってしまう。後になればそれも笑い話になるのである。

そうした小さなトラブルはあってもやっと無事に帰途につこうと空港に向かうと、搭乗口で何やら検査が変だった。よく見ると、靴を脱がされているのだ。最近はテロが多くなり、セキュリティが厳しいとは聞いていたが、日本を発つ時はノーチェックだったのだが、アメリカは違った。

私は、すぐに久美子に「靴、脱がされているよ。やばいよ」と伝えた。久美子は、そんなこともあるかもしれないと、バッグにサンダルを入れてきてくれていた。すぐにサンダルに履き替え、搭乗口でチェックに入った。自分が先に通り、案の定サンダルからスリッパに履き替えさせられて英語で何か言われたが、頭の中は結構パニックになっていた。久美子は心配そうに私の方を見てい

たが、なんとか二人ともそこを抜け出して飛行機に乗り込むことができた。

次は、シンガポールに行った。

シンガポールは一度行ってみたい国であった。それは、街自体が綺麗だと言われていたからである。久美子は、また安い航空券とホテルを探して段取りをつけてくれた。希望していた場所だったので、私は二回目の新婚旅行気分で楽しむことができた。

すべてフリーで行動した。英和辞書を鞄にしまい込み、簡単な英会話も少し勉強した。タクシーで夕飯を食べに出かけたが、ガイドブックに載っているのとは違う場所で降ろされ、屋台みたいなところで食事をした。久美子はお目当ての蟹の料理が食べられたのでご機嫌だったが、途中雨が降ってきて早々にホテルに戻ってきた。今度のホテルはややランクが下だったので、それなりの部屋だった。

次の日は、島に渡り、大きなマーライオンを見たり、夜には動物園に行ったりとハードスケジュールだった。シンガポールの水族館は素晴らしかった。最後の日は、植物園と屋上にプールがあるホテルには、泊まれなかったが、有名なのでとりあえず行ってみることにした。そこで日本から来ていた団体観光客の数名と仲良くなり、一緒に写真を撮り、植物園を見て回った。歩き過ぎて足が疲れてひどいことになっていたが、久美子にひっぱられ、どうにかホテルまで戻った。

今回も、神経症はさほど出ず、楽しい旅行となった。

ここまで良くなったのは、久美子と白澤先生のおかげであって、久美子にはこの先苦労をかけた分、少しでも穏やかな生活を過ごさせたいと思うのであった。

しかし、病気を発症する前とまったく同じようにできないことがあるのもわかった。今の状態を保ちつつ、私自身のこころをあるがままに過ごしていきたい。

「Let　it　be」

あるがままに生きるのみである。

今も、強迫観念はある。できないこともある。

しかし、それはそれとしてあるがままに時を通り過ぎると、さほど大したことではないのがわかった。

終章　やすらぎ

終の棲家に移り住んですぐ、久美子は会社をクビになった。トラブルがあり、久美子が暴言を吐いたということらしい。ローンが始まったばかりなのに、収入がストップしてしまったら支払いができなくなる。私は、快適な生活がダメになるかと考えると、また病気が悪化しそうだった。しかし久美子は意外とどっしりしていて、一か月もたたないうちに新しい会社を決めてきた。今度は銀座らしい。

しかし、そこは前の会社よりも終業時間が遅く、朝も一時間早くなり、夜も十八時過ぎに帰ってきていたのが、二十一時頃の帰宅にならざるを得なかった。

ある時、久美子はお腹が痛いと言い出し、朝早く一緒に病院に行くと、入院するようにと言われた。自宅からさほど遠くない距離の総合病院である。私は、毎日病院に通った。

久美子は、絶食の状態だったが、私は自分の弁当をスーパーで買い、お昼前に病院に着く。申し訳なく思いながらもご飯の食べられない久美子の前で昼飯を食べ、面会時間の最終までいて、バスで家に帰るのである。たまには洗濯物を持って帰り、家に着いてシャワーを浴びている間に洗濯を済ませ、翌日にはまた病院に持っていってあげたりもした。雨の日には、よっぽどのことがなければ外に出なかった私だったが、傘を差し病院へと通った。入院している間、一日も休まずである。

その一か月後に違う病院で久美子はお腹の手術をした。その時も同様に毎日せっせと病院に通い、久美子と半日以上一緒にいた。久美子の退院が近づき、先生と記念写真を撮るという日は、朝七時半にはもう病院に着いていた。

以前の私では、このようなことは到底できなかっただろう。私が入院していた時に久美子が毎日病院に通ってくれた、その感謝の気持ちを行動で示したかった。その一念からできたことであった。入院と治療の成果でもある。

人の出会いとは不思議なもので、白澤医師に会っていなければ、治療は続かなかったと思う。また、再会できる時には、「こんなに良くなりました」と先生に報告したいという気持ちがいつもあった。だから通院も頑張れたし、課題にも取り組むことができた。心から白澤医師には感謝している。そしてそのあとに出会った先生方にも恵まれたと思っている。

今も気になることはたくさんある。

相変わらず、外の地面は汚いという観念は変わらない。だから転んだりしたら大変なことになる。地面に手をつかない、地面に物を落とさないということに、細心の気を遣う。

またすれ違いの歩きたばこにも気をつける。たばこの灰がすれ違いざまに体に降りかかったような感覚になる。久美子と歩いている時は久美子が、前から歩きたばこの人が近づいてくると教えてくれる。自分は道をずれたりして退避する。同じように電車の中や駅構内とか込み合ったところでの抱っこした子供の靴も嫌だ。それも久美子が一緒の時は教えてくれる。ひとりの時は細心の注意を払いながら歩く。

まだまだいろいろあるが、この部分は、このぐらいで我慢しようとか、このことは仕方がないから気にしないようにしようと自分なりに諦めることもできるようになった。

残された自分の人生もカウントダウンが始まりつつある。動けるうちは、まだ久美子と旅行もしたいし、美味しい物も食べたい。

何が生きていく中で大事なのか。手を洗うことに時間を費やすことなのか。自分を清潔に自分の周りをきれいにすることが一番なのか。まとわりついていた特殊な観念が少しずつ薄れてきている。そして今は、残り少ない人生を、笑って暮らしたいという価値観に変わったような気がしている。


（完）

あとがき

今年で、結婚生活は四十年を迎える。「ルビー婚」だ。

私が、この神経症を発症して、ほぼ四十年になるということである。

その中での三十年間は苦しみとの闘いだった。

人生何があるかわからないものだとこの歳になるとつくづく思う。病気を発症して、最初の頃は、なぜ自分がこのような病気なのだろうか、何の因果でこのような病気になってしまったのかと、枕を濡らしたこともある。

この病気は、厄介なことに傍目《はため》ではわからない。また、なかなかこの病気を理解してもらえるものでもない。気の持ちようでなんとかなるものでもない。摩訶不思議な病気なのである。

私の人生もこのままで終わるのかと思ったことも数えきれないくらいあった。

しかし今こうやって元気に暮らしていられる。

世の中も、私の苦手な分野を後押ししてくれるように、禁煙が促され、歩きたばこの禁止とか、禁煙のお店とか、あらゆるところで私としては非常に行動しやすくなった。また、コロナ感染で世の中マスク着用になり、感染予防をする人が多くなった。私は、外出する時は、必ずマスクと手袋をしなければ外には出られない。今は、マスクが普通になっているので、とても気を楽に外出できる。

入院以来通っていた大学病院も、今は薬の服用だけなので、近所のクリニックに変えた。

同じ薬を二十年近く服用している。少しだけ不安を抑える薬を減らした。歳をとると、薬も腎臓に影響を与えるらしく、なるべく量を減らしたいと思うが、神経症の薬はきっと一生飲み続けるだろう。もう元の苦しかった自分には戻りたくない。

今は、家にいると快適に暮らせている。終の棲家の選択は、正解だった。

自分にとって、妻の支えがあってこそ、ここまでこれたのだと思う。よくぞ逃げずに傍にいてくれたと感謝している。そして相性の良い医師に巡り合え、治療がしっかりとできたことも大きな要因だと思っている。特に白澤百合子先生への感謝の想いは絶大である。白澤先生もその後、クリニックを開業し、しばらくはカウンセリングに通っていたが、通院途中にハプニングがあり、そのあと、通えなくなってしまった。

風の噂で、大病をされたとお聞きし、一日も早い回復をと願っていたが、無事に仕事にも復帰されたと聞き、安堵している。この本は白澤先生にぜひ贈呈させていただきたいと思っている。

最後に、この本を出版するきっかけとなったのは、文芸社の「Reライフ文学賞」に応募したことだった。第二の人生ということで妻とその姉妹のことを書いた。結果は落選だったが、しばらくしてご連絡いただき、出版しないかとお声がけをいただいた。

直接、詳しいお話をお聞きしたいと思い、新宿にある文芸社まで妻と一緒に出向いた。担当いただいた岩田氏のお話をお聞きし、せっかく本を出すなら、自分の奇妙な半生を描いてみようという気持ちになっていった。そこで、岩田氏に書き始めから原稿を少しずつ送り、ここまでたどり着いたということになる。

今思えば、これも不思議な縁だと思う。そして自分が何故このような奇妙な病気になり、長い間苦しまなければならなかったのか。宿命と一言で言えば終わりだが、自分の最終章に至り、同じように苦しんでいる人に伝える使命があるのではないか、と考えた。

全国では、強迫神経症の患者が三百万人とも四百万人とも言われている。同じように苦しんでいる人がいたならば何かの希望になればと思い、恥ずかしながらここに記することにした。

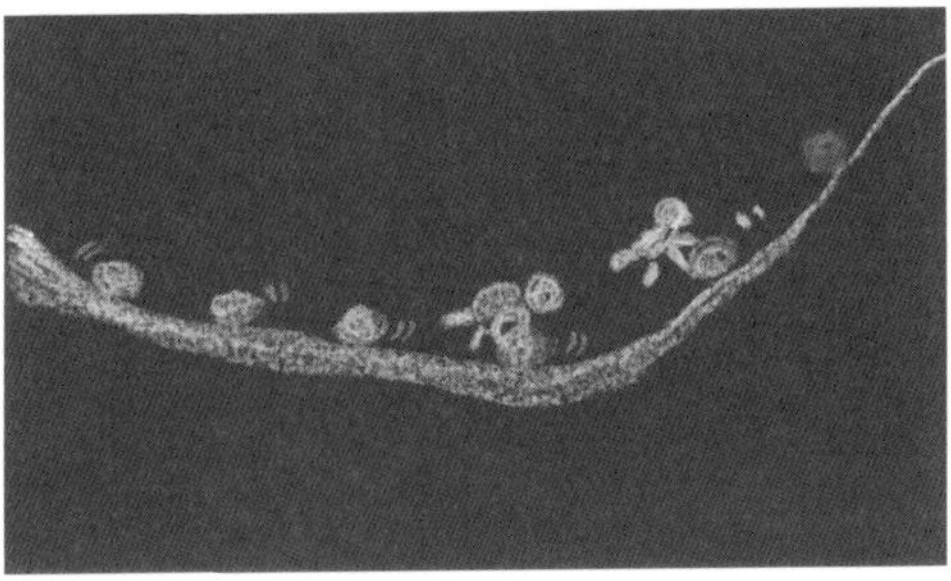

著者プロフィール

嵯峨 健（さが けん）

北海道根室市出身
拓殖大学商学部経営学科卒業
商社マン・自営業などを経験
趣味＝野球・マージャン・スイングジャズを聴く事

転がる石 強迫神経症と闘った夫婦の30年

2024年７月15日　初版第１刷発行

著　者　嵯峨 健
発行者　瓜谷 綱延
発行所　株式会社文芸社
〒160-0022　東京都新宿区新宿１－10－１
電話　03-5369-3060（代表）
03-5369-2299（販売）

印刷所　株式会社フクイン

ISBN978-4-286-25468-5